COLLECTION FOLIO

REMERCIEMENTS

JEAN-MICHEL FOLON a mis gracieusement son temps et son talent au service de ce livre édité à l'occasion du quarantième anniversaire de la Déclaration universelle des droits de l'homme. Qu'il en soit ici chaleureusement remercié.

Cette édition n'aurait pas été possible sans l'enthousiasme de tous ceux qui ont participé à son élaboration. Nous les en remercions vivement.

Déclaration universelle des droits de l'homme

Amnesty International

Amnesty International Belgique francophone.
9, rue Berckmans, 1060 Bruxelles, Belgique

AMNESTY INTERNATIONAL est un mouvement mondial de défense des droits de l'homme dont les activités sont centrées sur les prisonniers.

AMNESTY INTERNATIONAL demande la libération immediate des prisonniers d'opinion, ces hommes et ces femmes qui sont emprisonnés dans de nombreuses régions du monde du seul fait de leurs convictions politiques ou religieuses, de leur origine ethnique, de leur couleur ou de leur langue, pourvu qu'ils n'aient pas eu recours à la violence ni préconisé son emploi. Elle intervient en faveur d'un jugement équitable et mené dans des délais raisonnables pour tous les prisonniers politiques. Elle s'oppose, en toutes circonstances et pour tous les prisonniers, à la torture et à la peine de mort.

AMNESTY INTERNATIONAL est indépendante et impartiale. Elle ne soutient aucun gouvernement ou système politique. Depuis sa création en 1961, elle est toujours restée indépendante de tout gouvernement, faction politique, idéologie ou religion.

En 1977, AMNESTY INTERNATIONAL a reçu le Prix Nobel de la Paix.

JEAN-MICHEL FOLON est né à Bruxelles en 1934. Auteur d'aquarelles, de gravures et de décors de théâtre, il a reçu le Grand Prix de la XIIᵉ Biennale de Sao-Paulo (1973). Parmi ses ouvrages publiés, citons *La mort d'un arbre, Le regard du témoin, Lettres à Giorgio, Affiches de Folon, Je vous écris, Fleurs de Giorgio Morandi et Conversations* réalisé avec Milton Glaser. Il a illustré des œuvres de Kafka, Borges, Vian, Bradbury, Maupassant, Apollinaire et toute l'œuvre de Prévert, en 7 volumes. Parmi ses nombreuses affiches, il a travaillé souvent pour l'Unicef, Greenpeace et Amnesty International. Du Musée Correr de Venise au Musée Picasso d'Antibes, plusieurs musées ont présenté son œuvre dans le monde.

Déclaration
universelle
des
droits de l'homme

الاعلان العالمي
لحقوق الانسان

Declaración
universal
de
derechos humanos

世界
人权宣言

Universal
Declaration
of
Human Rights

Всеобщая
Декларация
Прав Человека

AVANT-PROPOS

Tout le monde en parle. Personne ne la lit. Voilà pourquoi, à la demande d'Amnesty International, j'ai illustré la Déclaration universelle des droits de l'homme. Et les images de ce livre sont venues de ma propre mémoire. Une mémoire qui ressemble à des millions de mémoires. Celles qui n'ont rien oublié de l'impuissance de toute politique devant le mal dans l'homme. Pourtant, ce livre nous aide à croire le contraire. Un livre comme une bouée de sauvetage. Un livre comme une chance. Un seul livre devant le mal dans l'homme.

JEAN-MICHEL FOLON

افتتاح

الكل يتكلمون عنه ، ولا أحد يقرؤه. هذا ما دفعني بناء لطلب امنيستي انترناشونل الى رسم هذه الرسوم للاعلان العالمي لحقوق الانسان. وهي رسوم نابعة من الذاكرة. ذاكرتي. وما اتذكره يتذكره الملايين. هؤلاء الذين لم ينسوا شيئاً من عجز السياسات حيال الشر في الانسان. ومع ذلك ان هذا الكتاب يساعدنا على ان نؤمن بالعكس. طافية نجاة هذا الكتاب. وهو حظ سعيد. كتاب فريد حيال الشر في الانسان.

جان ـ ميشال فولون

PRÓLOGO

Todo el mundo habla de ella. Nadie la lee. Por eso, a petición de Amnistía Internacional, he ilustrado la Declaración Universal de Derechos Humanos. Y las imágenes de este libro salen de mi propia memoria. Una memoria parecida a millones de memorias. Las memorias que no han olvidado la impotencia de cualquier política ante el mal que lleva el hombre. No obstante, este libro nos ayuda a creer en lo contrario. Un libro tal un salvavidas. Un libro tal una suerte. Un solo libro ante el mal que lleva el hombre.

JEAN-MICHEL FOLON

序 言

人人都知道有"人权宣言",但是谁都不读它。正因为如此,我应国际大赦组织之邀,为"世界人权宣言"作了插图。这些画面来自我自己的记忆。千百万人也都有同样的记忆。他们没有忘记,面对人之恶性,所有政治的无能为力。然而,这本书却能帮助我们去相信相反的可能。这本书就象是一只救生艇,一线生的希望之光是一本敢于面对人之恶性的书。

让—米歇尔·伏龙

FOREWORD

Everyone talks about it; no one reads it. That is why, at the request of Amnesty International, I have illustrated the Universal Declaration of Human Rights. The images in this book come from my memory … one man's memory, like the memory of millions of others — those who have not forgotten the powerlessness of any policy in the face of human evil. However, this book helps one believe the contrary … a book like a life-buoy … a book like an opportunity. One single book in the face of human evil.

JEAN-MICHEL FOLON

ВВЕДЕНЕ

Все говорят о ней. Никто её не читает. Вот почему, по просьбе «Международной Амнистии», я проиллюстрировал «Всеобщую Декларацию прав человека». Образы этой книги пришли из глубин моей памяти. Памяти, похожей на миллионы других. Всех тех, которые помнят о бессилии любой политики перед Злом, присущим человеку. Однако, эта книга помогает нам верить в обратное. Книга-спасательный круг. Книга-шанс. Всего лишь книга-против всего Зла в человеке.

ЖАН-МИШЕЛЬ ФОЛОН

PRÉFACE

Nous appartenons tous à une seule et même famille: le genre humain. Nous avons tous, et dans la même mesure, les mêmes droits fondamentaux. Chacun d'entre-nous doit voir respectés ses propres droits et a le devoir de protéger ceux d'autrui.

La race, le sexe, la langue ou la couleur ne changent rien à ces droits pas plus que la fortune, l'origine sociale, les opinions politiques ou les croyances. Nous possédons tous, de naissance, ces droits, quelles que soient notre activité et nos idées.

Il y a quarante ans qu'en ce domaine les gouvernements ont fixé une nouvelle norme mondiale: la Déclaration universelle des droits de l'homme. Adoptée par l'Assemblée générale des Nations Unies le 10 décembre 1948, cette Déclaration a eu un retentissement immense dans le monde entier. De nombreuses nations en ont d'ailleurs consacré les principes dans leur constitution.

La Déclaration s'applique à tous et devrait être connue de tous. L'ignorance des droits établis conduit trop souvent à des violations de ces mêmes droits. Et la connaissance est presque toujours la première étape vers la protection des droits inscrits dans la Déclaration universelle. C'est pourquoi nous remercions chaleureusement Jean-Michel Folon pour son engagement généreux dans la préparation de cet album non seulement accessible à tous et à chacun mais aussi témoignage vivant de l'importance unique qu'a pour nous ce texte historique.

FRANCA SCIUTO
Présidente d'Amnesty International

PREFACE

All of us belong to one family — the human family — and every member of our family has the same fundamental rights. Each of us is entitled to have these rights respected; and each of us has a responsibility to protect those rights for others.

Differences of race, sex, language and colour in no way change these rights. Nor do differences of property, social origin, political ideas or religious beliefs. Each of us, regardless of his occupation or opinions, is born with these rights.

Forty years ago, certain of the world's governments established a new international standard in this domain — the Universal Declaration of Human Rights. Adopted by the General Assembly of the United Nations on December 10, 1948, the Declaration has since had an enormous impact around the world. Many nations have enshrined its principles in their constitutions.

The Declaration applies to everyone and so we should all be familiar with it. Ignorance of the rights proclaimed in the Declaration can contribute only to their continued violation, whereas awareness of these rights is almost always the first step towards their protection.

For this reason we thank Jean-Michel Folon for his generous contribution to this album: his lively testament to the unique significance this landmark Declaration has for us all.

FRANCA SCIUTO
President of Amnesty International

PRÉFACE

La Déclaration universelle des droits de l'homme, adoptée par l'assemblée générale des Nations Unies le 10 décembre 1948, constitue un jalon dans l'histoire de l'humanité. Pour la première fois, en effet, la communauté internationale s'est efforcée de définir la notion de droits de l'homme, jusque-là laissée à la seule discrétion des Etats, et a clairement énoncé les objectifs devant être atteints par les gouvernements dans ce domaine. Je ne saurais donc trop souligner la portée historique de ce document.

Le chemin parcouru depuis 1948 est long. La notion de droits de l'homme s'est considérablement étendue et enrichie et l'organisation des Nations Unies s'est attachée à codifier, en droit international, les concepts développés dans la Déclaration. Outre les deux pactes relatifs, l'un aux droits économiques et sociaux et l'autre aux droits civils et politiques, un grand nombre de conventions sur le génocide, l'esclavage, la torture, l'apartheid, la discrimination à l'égard des femmes, le droit au travail — pour n'en citer que quelques-unes — ont ainsi vu le jour. Il n'y a pas de doute que, grâce à tous ces instruments juridiques qui puisent leur inspiration dans la Déclaration universelle des droits de l'homme, les mentalités ont évolué et la situation s'est modifiée au point que, désormais, même les aspirations des peuples à la paix et au développement sont perçues en termes de droit. Incontestablement, les progrès accomplis sont impressionnants... Même pour ceux et celles d'entre-nous qui se montrent impatients et voudraient que ces textes se reflètent systématiquement dans notre vie quotidienne.

Je leur accorde toutefois qu'il reste encore beaucoup à faire et que le spectacle qu'offre le monde, quarante ans après l'adoption de ce texte historique, comporte encore des aspects préoccupants. Les violations massives des droits de l'homme se poursuivent, le régime de l'apartheid se maintient en Afrique du Sud, en dépit des condamnations répétées de la communauté internationale, le racisme se manifeste encore sous diverses formes dans certaines régions du monde et les préjugés ethniques et religieux continuent de faire des victimes. La torture est toujours utilisée comme instrument de répression et de jeunes enfants, en âge d'aller à l'école, sont forcés de gagner leur vie. À travail égal, le salaire de la femme reste encore inégal dans de nombreux pays. Enfin, le nombre des sans-abri se multiplie à travers le monde, et celui des réfugiés ne diminue toujours pas.

Il nous faut donc poursuivre inlassablement nos efforts pour qu'enfin les textes se traduisent dans les faits. Il nous faut œuvrer pour l'approfondissement de la connaissance des droits de l'homme et consolider l'acquis des quarante dernières années. Il nous faut éclairer et harmoniser les diverses initiatives prises dans ce sens. En un mot, il nous appartient de diffuser et de promouvoir toujours davantage la Déclaration universelle des droits de l'homme.

C'est pourquoi je salue l'excellente initiative prise par Amnesty International en Belgique. Le plurilinguisme de cet ouvrage, préparé en vue du quarantième anniversaire de la Déclaration, en souligne bien le caractère et la portée universels. Illustré par un artiste dont l'œuvre au service de la paix et le talent sont mondialement connus, Jean-Michel Folon, il trouvera, j'en suis certain, une place de choix dans de nombreux foyers. Car je demeure convaincu que la responsabilité de la mobilisation en faveur des droits de l'homme repose non seulement sur les gouvernements mais sur chacun et chacune d'entre nous.

JAVIER PEREZ DE CUELLAR
Secrétaire général
de l'Organisation des Nations Unies

PREFACE

The Universal Declaration of Human Rights, adopted by the General Assembly of the United Nations on December 10, 1948, represents a milestone in the history of humanity. For the first time the international community strove to define the notion of human rights — something which until that time had been left to the discretion of individual nations — and clearly stated the objectives to be attained by the world's governments in this domain. I cannot overemphasize, therefore, the historical significance of this document.

The international community has come a long way since 1949. The notion of human rights has spread and gained considerable importance; the United Nations has devoted itself to the codification, through international law, of the concepts developed in the Declaration. Besides two related international pacts, the first concerning economic and social rights, and the second civil and political rights, a large number of conventions dealing with genocide, slavery, torture, apartheid, discrimination against women, the right to work — to cite only a few of them — have also come into being. There is no doubt that, thanks to all these legal instruments which draw their inspiration from the Universal Declaration of Human Rights, attitudes have changed and the situation has been modified to such a degree that, henceforth, even the aspirations of the world's peoples toward peace and development are perceived in legal terms. Incontestably, the progress has been impressive ... even in the eyes of those of us who are impatient to see these texts systematically reflected in our daily life.

I grant, however, much remains to be done; the spectacle offered by the world forty years after the adoption of this historic text still includes much that is troubling. Massive violations of human rights continue; the regime of apartheid is still in place in South Africa despite the repeated condemnation of the international community; racism is still visible in diverse forms in certain regions of the world; and ethnic and religious prejudices continue to have their victims. Torture is still used as an instrument of repression. Schoolage children are forced to work. In numerous countries women's salaries remain below those of men for equal work. Finally, the number of homeless is increasing around the world, while the number of refugees is still not diminishing.

We must therefore continue, unfailingly, our efforts so that the ideals expressed in these documents become reality. We must work not only toward a more profound knowledge of human rights, but also to consolidate the accomplishments of the past forty years. We must clarify and harmonize the diverse initiatives undertaken toward this goal. In a word, it is up to us to always increasingly promulgate and promote the Universal Declaration of Human Rights.

That is why I applaud the excellent initiative taken by Amnesty International — Belgium in the preparation of this book for the fortieth anniversary of the Declaration. Its multilingual aspect itself clearly underscores the Declaration's character and universal scope. Jean-Michel Folon is an artist whose work in the service of peace and whose talent are known worldwide. I am certain this volume will find a place in many homes; because I remain convinced that responsibility for mobilization in favour of human rights rests not only with governments but also with each one of us.

JAVIER PEREZ DE CUELLAR
Secretary General
of the United Nations

Préambule

Considérant que la reconnaissance de la dignité inhérente à tous les membres de la famille humaine et de leurs droits égaux et inaliénables constitue le fondement de la liberté, de la justice et de la paix dans le monde,

Considérant que la méconnaissance et le mépris des droits de l'homme ont conduit à des actes de barbarie qui révoltent la conscience de l'humanité et que l'avènement d'un monde où les êtres humains seront libres de parler et de croire, libérés de la terreur et de la misère, a été proclamé comme la plus haute aspiration de l'homme,

Considérant qu'il est essentiel que les droits de l'homme soient protégés par un régime de droit pour que l'homme ne soit pas contraint, en suprême recours, à la révolte contre la tyrannie et l'oppression,

Considérant qu'il est essentiel d'encourager le développement de relations amicales entre nations,

Considérant que dans la Charte les peuples des Nations Unies ont proclamé à nouveau leur foi dans les droits fondamentaux de l'homme, dans la dignité et la valeur de la personne humaine, dans l'égalité des droits des hommes et des femmes, et qu'ils se sont déclarés résolus à favoriser le progrès social et à instaurer de meilleures conditions de vie dans une liberté plus grande,

Considérant que les Etats Membres se sont engagés à assurer, en coopération avec l'Organisation des Nations Unies, le respect universel et effectif des droits de l'homme et des libertés fondamentales,

Considérant qu'une conception commune de ces droits et libertés est de la plus haute importance pour remplir pleinement cet engagement,

الديباجة

لما كان الاعتراف بالكرامة المتأصلة في جميع أعضاء الأسرة البشرية وبحقوقهم المتساوية الثابتة هو أساس الحرية والعدل والسلام في العالم،

ولما كان تناسي حقوق الانسان وازدراؤها قد أفضيا إلى أعمال همجية أذت الضمير الانساني، وكان غاية ما يرنو إليه عامة البشر انبثاق عالم يتمتع فيه الفرد بحرية القول والعقيدة ويتحرر من الفزع والفاقة،

ولما كان من الضروري أن يتولى القانون حماية حقوق الانسان لكيلا يضطر المرء آخر الأمر إلى التمرد على الاستبداد والظلم،

ولما كان من الجوهري تعزيز تنمية العلاقات الودية بين الدول،

ولما كانت شعوب الأمم المتحدة قد أكدت في الميثاق من جديد إيمانها بحقوق الانسان الأساسية وبكرامة الفرد وقدره وبما للرجال والنساء من حقوق متساوية وحزمت أمرها على أن تدفع بالرقي الاجتماعي قدماً وأن ترفع مستوى الحياة في جو من الحرية أفسح،

ولما كانت الدول الأعضاء قد تعهدت بالتعاون مع الأمم المتحدة على ضمان اطراد مراعاة حقوق الانسان والحريات الأساسية واحترامها،

ولما كان للادراك العام لهذه الحقوق والحريات الأهمية الكبرى للوفاء التام بهذا التعهد،

PREÁMBULO

Considerando que la libertad, la justicia y la paz en el mundo tienen por base el reconocimiento de la dignidad intrínseca y de los derechos iguales e inalienables de todos los miembros de la familia humana;

Considerando que el desconocimiento y el menosprecio de los derechos humanos han originado actos de barbarie ultrajantes para la conciencia de la humanidad, y que se ha proclamado, como la aspiración más elevada del hombre, el advenimiento de un mundo en que los seres humanos, liberados del temor y de la miseria, disfruten de la libertad de palabra y de la libertad de creencias;

Considerando esencial que los derechos humanos sean protegidos por un régimen de Derecho; a fin de que el hombre no se vea compelido al supremo recurso de la rebelión contra la tiranía y la opresión;

Considerando también esencial promover el desarrollo de relaciones amistosas entre las naciones;

Considerando que los pueblos de las Naciones Unidas han reafirmado en la Carta su fe en los derechos fundamentales del hombre, en la dignidad y el valor de la persona humana y en la igualdad de derechos de hombres y mujeres, y se han declarado resueltos a promover el progreso social y a elevar el nivel de vida dentro de un concepto más amplio de la libertad;

Considerando que los Estados Miembros se han comprometido a asegurar, en cooperación con la Organización de las Naciones Unidas, el respeto universal y efectivo a los derechos y libertades fundamentales del hombre, y

Considerando que una concepción común de estos derechos y libertades es de la mayor importancia para el pleno cumplimiento de dicho compromiso;

弁言

兹鉴于人类一家，对于人人固有尊严及其平等不移权利之承认确系世界自由、正义与和平之基础；

复鉴于人权之忽视及侮蔑恒酿成野蛮暴行，致使人心震愤，而自由言论、自由信仰、得免忧惧、得免贫困之世界业经宣示为一般人民之最高企望；

复鉴于为使人类不致迫不得已铤而走险以抗专横与压迫，人权须受法律规定之保障；

复鉴于国际友好关系之促进，实属切要；

复鉴于联合国人民已在宪章中重申对于基本人权、人格尊严与价值、以及男女平等权利之信念，并决心促成大自由中之社会进步及较善之民生；

复鉴于各会员国业经誓愿与联合国同心协力促进人权及基本自由之普遍尊重与遵行；

复鉴于此种权利自由之共同认识对于是项誓愿之彻底实现至关重大；

PREAMBLE

Whereas recognition of the inherent dignity and of the equal and inalienable rights of all members of the human family is the foundation of freedom, justice and peace in the world,

Whereas disregard and contempt for human rights have resulted in barbarous acts which have outraged the conscience of mankind, and the advent of a world in which human beings shall enjoy freedom of speech and belief and freedom from fear and want has been proclaimed as the highest aspiration of the common people,

Whereas it is essential, if man is not to be compelled to have recourse, as a last resort, to rebellion against tyranny and oppression, that human rights should be protected by the rule of law,

Whereas it is essential to promote the development of friendly relations between nations,

Whereas the peoples of the United Nations have in the Charter reaffirmed their faith in fundamental human rights, in the dignity and worth of the human person and in the equal rights of men and women and have determined to promote social progress and better standards of life in larger freedom,

Whereas Member States have pledged themselves to achieve, in co-operation with the United Nations, the promotion of universal respect for and observance of human rights and fundamental freedoms,

Whereas a common understanding of these rights and freedoms is of the greatest importance for the full realization of this pledge,

ПРЕАМБУЛА

Принимая во внимание, что признание достоинства, присущего всем членам человеческой семьи, и равных и неотъемлемых прав их является основой свободы, справедливости и всеобщего мира; и

принимая во внимание, что пренебрежение и презрение к правам человека привели к варварским актам, которые возмущают совесть человечества, и что создание такого мира, в котором люди будут иметь свободу слова и убеждений и будут свободны от страха и нужды, провозглашено как высокое стремление людей; и

принимая во внимание, что необходимо, чтобы права человека охранялись властью закона в целях обеспечения того, чтобы человек не был вынужден прибегать, в качестве последнего средства, к восстанию против тирании и угнетения; и

принимая во внимание, что необходимо содействовать развитию дружественных отношений между народами; и

принимая во внимание, что народы Объединенных Наций подтвердили в Уставе свою веру в основные права человека, в достоинство и ценность человеческой личности и в равноправие мужчин и женщин и решили содействовать социальному прогрессу и улучшению условий жизни при большей свободе; и

принимая во внимание, что государства-члены обязались содействовать, в сотрудничестве с Организацией Объединенных Наций, всеобщему уважению и соблюдению прав человека и основных свобод; и

принимая во внимание, что всеобщее понимание характера этих прав и свобод имеет огромное значение для полного выполнения этого обязательства;

L'Assemblée générale
proclame
la présente
Déclaration universelle
des droits de l'homme

comme l'idéal commun à atteindre par tous les peuples et toutes les
nations afin que tous les individus et tous les organes de la société,
ayant cette Déclaration constamment à l'esprit, s'efforcent, par l'enseignement et l'éducation, de développer le respect de ces droits et libertés
et d'en assurer, par des mesures progressives d'ordre national et international, la reconnaissance et l'application universelles et effectives,
tant parmi les populations des Etats Membres eux-mêmes que parmi
celles des territoires placés sous leur juridiction.

فان
الجمعية العامة
تنادي
بهذا الاعلان العالمي
لحقوق الانسان

على أنه المستوى المشترك الذي ينبغي أن تستهدفه كافة الشعوب والأمم حتى يسعى كل فرد
وهيئة في المجتمع ، واضعين على الدوام هذا الاعلان نصب أعينهم ، إلى توطيد احترام هذه
الحقوق والحريات عن طريق التعليم والتربية واتخاذ إجراءات مطردة ، قومية وعالمية ، لضمان
الاعتراف بها ومراعاتها بصورة عالمية وفعالة بين الدول الأعضاء ذاتها وشعوب البقاع الخاضعة
لسلطانها.

La Asamblea general
proclama
la presente
Declaración universal
de derechos humanos

como ideal común por el que todos los pueblos y naciones deben
esforzarse, a fin de que tanto los individuos como las instituciones,
inspirándose constantemente en ella, promuevan, mediante la enseñanza
y la educación, el respeto a estos derechos y libertades, y aseguren, por
medidas progresivas de carácter nacional e internacional, su reconocimiento y aplicación universales y efectivos, tanto entre los pueblos de
los Estados Miembros como entre los de los territorios colocados bajo
su jurisdicción.

大会爰于此

颁布世界人权宣言，作为所有人民所有国家共同努力之标的，务望个人及社会团体永以本宣言铭诸座右，力求藉训导与教育激励人权与自由之尊重，并藉国家与国际之渐进措施获得其普遍有效之承认与遵行；会员国本身人民及所辖领土人民均各永享咸遵。

Now, Therefore,
The General Assembly
proclaims
This Universal Declaration
of Human Rights

as a common standard of achievement for all peoples and nations, to the end that every individual and every organ of society, keeping this Declaration constantly in mind, shall strive by teaching and education to promote respect for these rights and freedoms and by progressive measures, national and international, to secure their universal and effective recognition and observance, both among the peoples of Member States themselves and among the peoples of territories under their jurisdiction.

Генеральная ассамблея
провозглашает
настоящую всеобщую
Декларацию прав человека
в качестве задачи

к выполнению которой должны стремиться все народы и все государства с тем, чтобы каждый человек и каждый орган общества, постоянно имея в виду настоящую Декларацию, стремились путем просвещения и образования содействовать уважению этих прав и свобод и обеспечению, путем национальных и международных прогрессивных мероприятий, всеобщего и эффективного признания и осуществления их как среди народов государств-членов Организации, так и среди народов территорий, находящихся под их юрисдикцией.

Article 1

Tous les êtres humains naissent libres et égaux en dignité et en droits. Ils sont doués de raison et de conscience et doivent agir les uns envers les autres dans un esprit de fraternité.

المادة ١

يولد جميع الناس أحراراً متساوين في الكرامة والحقوق، وقد وهبوا عقلا وضميرا، وعليهم أن يعامل بعضهم بعضاً بروح الاخاء.

Artículo 1

Todos los seres humanos nacen libres e iguales en dignidad y derechos y, dotados como están de razón y conciencia, deben comportarse fraternalmente los unos con los otros.

第
一
条

人皆生而自由；在尊严及权利上均各平等。人各赋有理
性良知，诚应和睦相处，情同手足。

Article 1

All human beings are born free and equal in dignity and rights. They
are endowed with reason and conscience and should act towards one
another in a spirit of brotherhood.

Статья 1

Все люди рождаются свободными и равными в своем достоинстве
и правах. Они наделены разумом и совестью и должны поступать
в отношении друг друга в духе братства.

Article 2

1. Chacun peut se prévaloir de tous les droits et de toutes les libertés proclamés dans le présent Déclaration, sans distinction aucune, notamment de race, de couleur, de sexe, de langue, de religion, d'opinion politique ou de toute autre opinion, d'origine nationale ou sociale, de fortune, de naissance ou de toute autre situation.

2. De plus, il ne sera fait aucune distinction fondée sur le statut politique, juridique ou international du pays ou du territoire dont une personne est ressortissante, que ce pays ou territoire soit indépendant, sous tutelle, non autonome ou soumis à une limitation quelconque de souveraineté.

المادة ٢

١. لكل إنسان حق التمتع بكافة الحقوق والحريات الواردة في هذا الاعلان، دون أي تمييز، كالتمييز بسبب العنصر أو اللون أو الجنس أو اللغة أو الدين أو الرأي السياسي أو أي رأي آخر، أو الأصل الوطني أو الاجتماعي أو الثروة أو الميلاد أو أي وضع آخر، دون أية تفرقة بين الرجال والنساء.

٢. وفضلا عما تقدم فلن يكون هناك أي تمييز أساسه الوضع السياسي أو القانوني أو الدولي للبلد أو البقعة التي ينتمي إليها الفرد سواء كان هذا البلد او تلك البقعة مستقلا أو تحت الوصاية أو غير متمتع بالحكم الذاتي أوكانت سيادته خاضعة لأي قيد من القيود.

Artículo 2

1. Toda persona tiene todos los derechos y libertades proclamados en esta Declaración, sin distinción alguna de raza, color, sexo, idioma, religión, opinión política o de cualquier otra índole, origen nacional o social, posición económica, nacimiento o cualquier otra condición.

2. Además, no se hará distinción alguna fundada en la condición política, jurídica o internacional del país o territorio de cuya jurisdicción dependa una persona, tanto si se trata de un país independiente, como de un territorio bajo administración fiduciaria, no autónomo o sometido a cualquier otra limitación de soberanía.

第
二
条

人人皆得享受本宣言所载之一切权利与自由，不分种族、肤色、性别、语言、宗教、政见或他种主张、国籍及门第、财产、出生或他种身分。

且不得因一人所隶国家或地区之政治、行政或国际地位之不同而有所区别，无论该地区系独立、托管、非自治或受有其他主权上之限制。

Article 2

1. Everyone is entitled to all the rights and freedoms set forth in this Declaration, without distinction of any kind, such as race, colour, sex, language, religion, political or other opinion, national or social origin, property, birth or other status.

2. Furthermore, no distinction shall be made on the basis of the political, jurisdictional or international status of the country or territory to which a person belongs, whether it be independent, trust, non-self-governing or under any other limitation of sovereignty.

Статья 2

1. Каждый человек должен обладать всеми правами и всеми свободами, провозглашенными настоящей Декларацией, без какого бы то ни было различия, как-то в отношении расы, цвета кожи, пола, языка, религии, политических или иных убеждений, национального или социального происхождения, имущественного, сословного или иного положения.

2. Кроме того, не должно проводиться никакого различия на основе политического, правового или международного статуса страны или территории, к которой человек принадлежит, независимо от того, является ли эта территория независимой, подопечной, несамоуправляющейся, или как-либо иначе ограниченной в своем суверенитете.

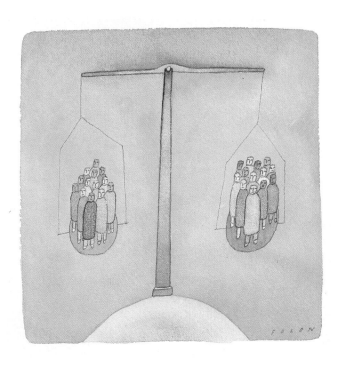

Article 3

Tout individu a droit à la vie, à la liberté et à la sûreté de sa personne.

 المادة ٣

لكل فرد الحق في الحياة والحرية وسلامة شخصه.

Artículo 3

Todo individuo tiene derecho a la vida, a la libertad y a la seguridad de su persona.

第
三
条

人人有权享有生命、自由与人身安全。

Article 3

Everyone has the right to life, liberty and security of person.

Статья 3

Каждый человек имеет право на жизнь, на свободу и на личную неприкосновенность.

Article 4

Nul ne sera tenu en esclavage ni en servitude; l'esclavage et la traite des esclaves sont interdits sous toutes leurs formes.

المادة ٤

لا يجوز استرقاق أو استعباد أي شخص، ويحظر الاسترقاق وتجارة الرقيق بكافة أوضاعها.

Artículo 4

Nadie estará sometido a esclavitud ni a servidumbre; la esclavitud y la trata de esclavos están prohibidas en todas sus formas.

第
四
条

任何人不容使为奴役；奴隶制度及奴隶贩卖，不论出于
何种方式，悉应予以禁止。

Article 4

No one shall be held in slavery or servitude; slavery and the slave trade
shall be prohibited in all their forms.

Статья 4

Никто не должен содержаться в рабстве или в подневольном
состоянни; рабство и работорговля запрещаются во всех их видах.

Article 5

Nul ne sera soumis à la torture, ni à des peines ou traitements cruels, inhumains ou dégradants.

المادة ٥

لايعرض أي إنسان للتعذيب ولا للعقوبات أو المعاملات القاسية أو الوحشية أو الحاطة بالكرامة.

Artículo 5

Nadie será sometido a torturas ni a penas o tratos crueles, inhumanos o degradantes.

第
五
条

任何人不容加以酷刑，或施以残忍不人道或侮慢之待遇
或处罚。

Article 5

No one shall be subjected to torture or to cruel, inhuman or degrading
treatment or punishment.

Статья 5

Никто не должен подвергаться пыткам или жестоким, бесчело-
вечным или унижающим его достоинство обращению и наказанию.

Article 6

Chacun a le droit à la reconnaissance en tous lieux de sa personnalité juridique.

المادة ٦

لكل إنسان أينما وجد الحق في أن يعترف بشخصيته القانونية.

Artículo 6

Todo ser humano tiene derecho, en todas partes, al reconocimiento de su personalidad jurídica.

人人于任何所在有被承认为法律上主体之权利。

Article 6

Everyone has the right to recognition everywhere as a person before the law.

Статья 6

Каждый человек, где бы он ни находился, имеет право на признание его правосубъектности.

Article 7

Tous sont égaux devant la loi et ont droit sans distinction à une égale
protection de la loi. Tous ont droit à une protection égale contre toute
discrimination qui violerait la présente Déclaration et contre toute
provocation à une telle discrimination.

المادة ٧

كل الناس سواسية أمام القانون ولهم الحق في التمتع بحماية متكافئة منه دون أية تفرقة ، كما أن
لهم جميعاً الحق في حماية متساوية ضد أي تمييز يُخل بهذا الاعلان وضد أي تحريض على تمييز
كهذا.

Artículo 7

Todos son iguales ante la ley y tienen, sin distinción, derecho a igual
protección de la ley. Todos tienen derecho a igual protección contra
toda discriminación que infrinja esta Declaración y contra toda provo-
cación a tal discriminación.

第
七
条

人人在法律上悉属平等，且应一体享受法律之平等保护。人人有权享受平等保护，以防止违反本宣言之任何歧视及煽动此种歧视之任何行为。

Article 7

All are equal before the law and are entitled without any discrimination to equal protection of the law. All are entitled to equal protection against any discrimination in violation of this Declaration and against any incitement to such discrimination.

Статья 7

Все люди равны перед законом и имеют право, без всякого различия, на равную защиту закона. Все люди имеют право на равную защиту от какой бы то ни было дискриминации, нарушающей настоящую Декларацию, и от какого бы то ни было подстрекательства к такой дискриминации.

Article 8

Toute personne a droit à un recours effectif devant les juridictions
nationales compétentes contre les actes violant les droits fondamentaux
qui lui sont reconnus par la constitution ou par la loi.

المادة ٨

لكل شخص الحق في أن يلجأ إلى المحاكم الوطنية لانصافه من أعمال فيها اعتداء على الحقوق
الأساسية التي يمنحها له القانون.

Artículo 8

Toda persona tiene derecho a un recurso efectivo, ante los tribunales
nacionales competentes, que la ampare contra actos que violen sus
derechos fundamentales reconocidos por la constitución o por la ley.

第
八
条

人人于其宪法或法律所赋予之基本权利被侵害时，有权
享受国家管辖法庭之有效救济。

Article 8

Everyone has the right to an effective remedy by the competent
national tribunals for acts violating the fundamental rights granted him
by the constitution or by law.

Статья 8

Каждый человек имеет право на эффективное восстановление в
правах компетентнымн национальными судами в случаях наруше-
ния его основных прав, предоставленных ему конституцией или
законом.

Article **9**

Nul ne peut être arbitrairement arrêté, détenu ou exilé.

المادة **٩**

لايجوز القبض على أي إنسان أو حجزه أو نفيه تعسفاً.

Artículo **9**

Nadie podrá ser arbitrariamente detenido, preso ni desterrado.

任何人不容加以无理逮捕、拘禁或放逐。

Article 9

No one shall be subjected to arbitrary arrest, detention or exile.

Статья 9

Никто не может быть подвергнут произвольному аресту, задержанию или изгнанию.

Article 10

Toute personne a droit, en pleine égalité, à ce que sa cause soit entendue équitablement et publiquement par un tribunal indépendant et impartial, qui décidera soit de ses droits et obligations, soit du bien-fondé de toute accusation en matière pénale dirigée contre elle.

المادة ١٠

لكل إنسان الحق، على قدم المساواة التامة مع الآخرين، في أن تنظر قضيته أمام محكمة مستقلة نزيهة نظراً عادلا علنياً للفصل في حقوقه والتزاماته وأية تهمة جنائية توجه إليه.

Artículo 10

Toda persona tiene derecho, en condiciones de plena igualdad, a ser oída públicamente y con justicia por un tribunal independiente e imparcial, para la determinación de sus derechos y obligaciones o para el examen de cualquier acusación contra ella en materia penal.

第十条

人人于其权利与义务受判定时及被刑事控告时，有权享受独立无私法庭之绝对平等不偏且公开之听审。

Article 10

Everyone is entitled in full equality to a fair and public hearing by an independent and impartial tribunal, in the determination of his rights and obligations and of any criminal charge against him.

Статья 10

Каждый человек, для определения его прав и обязанностей и для установления обоснованности предъявленного ему уголовного обвинения, имеет право, на основе полного равенства, на то, чтобы его дело было рассмотрено гласно и с соблюдением всех требований справедливости независимым и беспристрастным судом.

Article **11**

1. Toute personne accusée d'un acte délictueux est présumée innocente jusqu'à ce que sa culpabilité ait été légalement établie au cours d'un procès public où toutes les garanties nécessaires à sa défense lui auront été assurées.

2. Nul ne sera condamné pour des actions ou omissions qui, au moment où elles ont été commises, ne constituaient pas un acte délictueux d'après le droit national ou international. De même, il ne sera infligé aucune peine plus forte que celle qui était applicable au moment où l'acte délictueux a été commis.

المادة **١١**

١. كل شخص متهم بجريمة يعتبر بريئاً إلى أن تثبت إدانته قانوناً بمحاكمة علنية تؤمن له فيها الضمانات الضرورية للدفاع عنه.

٢. لا يدان أي شخص من جراء أداء عمل أو الامتناع عن أداء عمل إلا إذا كان ذلك يعتبر جرماً وفقاً للقانون الوطني أو الدولي وقت الارتكاب، كذلك لا توقع عليه عقوبة أشد من تلك التي كان يجوز توقيعها وقت ارتكاب الجريمة.

Artículo **11**

1. Toda persona acusada de delito tiene derecho a que se presuma su inocencia mientras no se pruebe su culpabilidad, conforme a la ley y en juicio público en el que se le hayan asegurado todas las garantías necesarias para su defensa.

2. Nadie será condenado por actos u omisiones que en el momento de cometerse no fueron delictivos según el Derecho nacional o internacional. Tampoco se impondrá pena más grave que la aplicable en el momento de la comisión del delito.

第十一条

（一）凡受刑事控告者，在未经依法公开审判证实有罪前，应视为无罪，审判时并须予以答辩上所需之一切保障。

（二）任何人在刑事上之行为或不行为，于其发生时依国家或国际法律均不构成罪行者，应不为罪。刑罚不得重于犯罪时法律之规定。

Article 11

1. Everyone charged with a penal offence has the right to be presumed innocent until proved guilty according to law in a public trial at which he has had all the guarantees necessary for his defence.

2. No one shall be held guilty of any penal offence on account of any act or omission which did not constitute a penal offence, under national or international law, at the time when it was committed. Nor shall a heavier penalty be imposed than the one that was applicable at the time the penal offence was committed.

Статья 11

1. Каждый человек, обвиняемый в совершении преступления, имеет право считаться невиновным до тех пор, пока его виновность не будет установлена законным порядком путем гласного судебного разбирательства, при котором ему обеспечиваются все возможности для защиты.

2. Никто не может быть осужден за преступление на основании совершения какого-либо деяния или за бездействие, которые во время их совершения не составляли преступления по национальным законам или по международному праву. Не может также налагаться наказание более тяжкое, нежели то, которое могло быть применено в то время, когда преступление было совершено.

Article 12

Nul ne sera l'objet d'immixtions arbitraires dans sa vie privée, sa famille, son domicile ou sa correspondance, ni d'atteintes à son honneur et à sa réputation. Toute personne a droit à la protection de la loi contre de telles immixtions ou de telles atteintes.

المادة ١٢

لا يعرض أحد لتدخل تعسفي في حياته الخاصة أو أسرته أو مسكنه أو مراسلاته أو لحملات على شرفه وسمعته، ولكل شخص الحق في حماية القانون من مثل هذا التدخل أو تلك الحملات.

Artículo 12

Nadie será objeto de injerencias arbitrarias en su vida privada, su familia, su domicilio o su correspondencia, ni de ataques a su honra o a su reputación. Toda persona tiene derecho a la protección de la ley contra tales injerencias o ataques.

第十二条

任何人之私生活、家庭、住所或通讯不容无理侵犯，其荣誉及信用亦不容侵害。人人为防止此种侵犯或侵害有权受法律保护。

Article 12

No one shall be subjected to arbitrary interference with his privacy, family, home or correspondence, nor to attacks upon his honour and reputation. Everyone has the right to the protection of the law against such interference or attacks.

Статья 12

Никто не может подвергаться произвольному вмешательству в его личную и семейную жизнь, произвольным посягательствам на неприкосновенность его жилища, тайну его корреспонденции или на его честь и репутацию. Каждый человек имеет право на защиту закона от такого вмешательства или таких посягательств.

Article 13

1. Toute personne a le droit de circuler librement et de choisir sa résidence à l'intérieur d'un Etat.

2. Toute personne a le droit de quitter tout pays, y compris le sien, et de revenir dans son pays.

المادة ١٣

١. لكل فرد حرية التنقل واختيار محل إقامته داخل حدود كل دولة.

٢. يحق لكل فرد أن يغادر أية بلاد بما في ذلك بلده كما يحق له العودة إليه.

Artículo 13

1. Toda persona tiene derecho a circular libremente y elegir su residencia en el territorio de un Estado.

2. Toda persona tiene derecho a salir de cualquier país, incluso del propio, y a regresar a su país.

（一）人人在一国境内有自由迁徙及择居之权。

（二）人人有权离去任何国家，连其本国在内，并有权归返其本国。

Article 13

1. Everyone has the right to freedom of movement and residence within the borders of each State.

2. Everyone has the right to leave any country, including his own, and to return to his country.

Статья 13

1. Каждый человек имеет право свободно передвигаться и выбирать себе местожительство в пределах каждого государства.

2. Каждый человек имеет право покидать любую страну, включая свою собственную, и возвращаться в свою страну.

Article 14

1. Devant la persécution, toute personne a le droit de chercher asile et de bénéficier de l'asile en d'autres pays.

2. Ce droit ne peut être invoqué dans le cas de poursuites réellement fondées sur un crime de droit commun ou sur des agissements contraires aux buts et aux principes des Nations Unies.

المادة ١٤

١. لكل فرد الحق في أن يلجأ إلى بلاد أخرى أو يحاول الالتجاء إليها هرباً من الاضطهاد.

٢. لاينتفع بهذا الحق من قدم للمحاكمة في جرائم غير سياسية أو لأعمال تناقض أغراض الأمم المتحدة ومبادئها.

Artículo 14

1. En caso de persecución, toda persona tiene derecho a buscar asilo, y a disfrutar de él, en cualquier país.

2. Este derecho no podrá ser invocado contra una acción judicial realmente originada por delitos comunes o por actos opuestos a los propósitos y principios de las Naciones Unidas.

第
十四
条

（一）人人为避迫害有权在他国寻求并享受庇身之所。

（二）控诉之确源于非政治性之犯罪或源于违反联合国
宗旨与原则之行为者，不得享受此种权利。

Article 14

1. Everyone has the right to seek and to enjoy in other countries asylum from persecution.

2. This right may not be invoked in the case of prosecutions genuinely arising from non-political crimes or from acts contrary to the purposes and principles of the United Nations.

Статья 14

1. Каждый человек имеет право искать убежище от преследования в других странах и пользоваться этим убежищем.

2. Это право не может быть использовано в случае преследования, в действительности основанного на совершении неполитического преступления, или деяния, противоречащего целям и принципам Организации Объединённых Наций.

Article 15

1. Tout individu a droit à une nationalité.

2. Nul ne peut être arbitrairement privé de sa nationalité, ni du droit de changer de nationalité.

المادة ١٥

١. لكل فرد حق التمتع بجنسية ما.

٢. لا يجوز حرمان شخص من جنسيته تعسفاً أو إنكار حقه في تغييرها.

Artículo 15

1. Toda persona tiene derecho a una nacionalidad.

2. A nadie se privará arbitrariamente de su nacionalidad ni del derecho a cambiar de nacionalidad.

第
十五
条

（一）人人有权享有国籍。

（二）任何人之国籍不容无理褫夺，其更改国籍之权利不容否认。

Article 15

1. Everyone has the right to a nationality.

2. No one shall be arbitrarily deprived of his nationality nor denied the right to change his nationality.

Статья 15

1. Каждый человек имеет право на гражданство.

2. Никто не может быть произвольно лишен своего гражданства или права изменить свое гражданство.

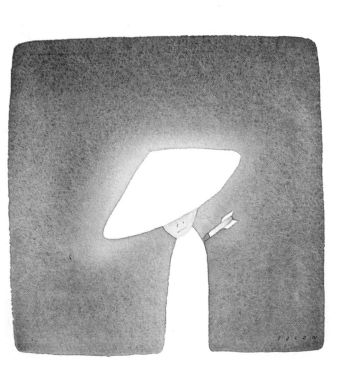

Article 16

1. A partir de l'âge nubile, l'homme et la femme, sans aucune restriction quant à la race, la nationalité ou la religion, ont le droit de se marier et de fonder une famille. Ils ont des droits égaux au regard du mariage, durant le mariage et lors de sa dissolution.

2. Le mariage ne peut être conclu qu'avec le libre et plein consentement des futurs époux.

3. La famille est l'élément naturel et fondamental de la société et a droit à la protection de la société et de l'Etat.

المادة ١٦

١. للرجل والمرأة متى بلغا سن الزواج حق التزوج وتأسيس أسرة دون أى قيد بسبب الجنس أو الدين، ولها حقوق متساوية عند الزواج وأثناء قيامه وعند انحلاله.

٢. لا يبرم عقد الزواج إلا برضا الطرفين الراغبين في الزواج رضاً كاملا لا إكراه فيه.

٣. الأسرة هي الوحدة الطبيعية الأساسية للمجتمع ولها حق التمتع بحماية المجتمع والدولة.

Artículo 16

1. Los hombres y las mujeres, a partir de la edad núbil, tienen derecho, sin restricción alguna por motivos de raza, nacionalidad o religión, a casarse y fundar una familia, y disfrutarán de iguales derechos en cuanto al matrimonio, durante el matrimonio y en caso de disolución del matrimonio.

2. Sólo mediante libre y pleno consentimiento de los futuros esposos podrá contraerse el matrimonio.

3. La familia es el elemento natural y fundamental de la sociedad y tiene derecho a la protección de la sociedad y del Estado.

第十六条

（一）成年男女，不受种族、国籍或宗教之任何限制，有权婚嫁及成立家庭。男女在婚姻方面，在结合期间及在解除婚约时，具有平等权利。

（二）婚约之缔订仅能以男女双方之自由完全承诺为之。

（三）家庭为社会之当然基本团体单位，并应受社会及国家之保护。

Article 16

1. Men and women of full age, without any limitation due to race, nationality or religion, have the right to marry and to found a family. They are entitled to equal rights as to marriage, during marriage and at its dissolution.

2. Marriage shall be entered into only with the free and full consent of the intending spouses.

3. The family is the natural and fundamental group unit of society and is entitled to protection by society and the State.

Статья 16

1. Мужчины и женщины, достигшие совершеннолетия, имеют право без всяких ограничений по признаку расы, национальности или религии, вступать в брак и основывать семью. Они пользуются одинаковыми правами в отношении вступления в брак, во время состояния в браке и во время его расторжения.

2. Брак может быть заключен только при свободном и полном согласии обеих вступающих в брак сторон.

3. Семья является естественной и основной ячейкой общества и имеет право на защиту со стороны общества и государства.

Article 17

1. Toute personne, aussi bien seule qu'en collectivité, a droit à la propriété.

2. Nul ne peut être arbitrairement privé de sa propriété.

المادة ١٧

١. لكل شخص حق التملك بمفرده أو بالاشتراك مع غيره.

٢. لا يجوز تجريد أحد من ملكه تعسفاً.

Artículo 17

1. Toda persona tiene derecho a la propiedad, individual y colectivamente.

2. Nadie será privado arbitrariamente de su propiedad.

（一）人人有权单独占有或与他人合有财产。

（二）任何人之财产不容无理剥夺。

Article **17**

1. Everyone has the right to own property alone as well as in association with others.

2. No one shall be arbitrarily deprived of his property.

Статья **17**

1. Каждый человек имеет право владеть имуществом как единолично, так и совместно с другими.

2. Никто не должен быть произвольно лишен своего имущества.

Article **18**

Toute personne a droit à la liberté de pensée, de conscience et de religion; ce droit implique la liberté de changer de religion ou de conviction ainsi que la liberté de manifester sa religion ou sa conviction seule ou en commun, tant en public qu'en privé, par l'enseignement, les pratiques, le culte et l'accomplissement des rites.

المادة **١٨**

لكل شخص الحق في حرية التفكير والضمير والدين ، ويشمل هذا الحق حرية تغيير ديانته أو عقيدته، وحرية الاعراب عنها بالتعليم والمارسة وإقامة الشعائر ومراعاتها، سواء أكان ذلك سراً أم جهراً، منفرداً أم مع الجماعة.

Artículo **18**

Toda persona tiene derecho a la libertad de pensamiento, de conciencia y de religión; este derecho incluye la libertad de cambiar de religión o de creencia, así como la libertad de manifestar su religión o su creencia, individual y colectivamente, tanto en público como en privado, por la enseñanza, la práctica, el culto y la observancia.

第
十八
条

人人有思想、良心与宗教自由之权；此项权利包括其改变宗教或信仰之自由，及其单独或集体、公开或私自以教义、躬行、礼拜及戒律表示其宗教或信仰之自由。

Article **18**

Everyone has the right to freedom of thought, conscience and religion; this right includes freedom to change his religion or belief, and freedom, either alone or in community with others and in public or private, to manifest his religion or belief in teaching, practice, worship and observance.

Статья **18**

Каждый человек имеет право на свободу мысли, совести и религии; это право включает свободу менять свою религию или убеждения и свободно исповедывать свою религию или убеждения как единолично, так и сообща с другими, публичным или частным порядком в учении, богослужении и выполнении религиозных и ритуальных обрядов.

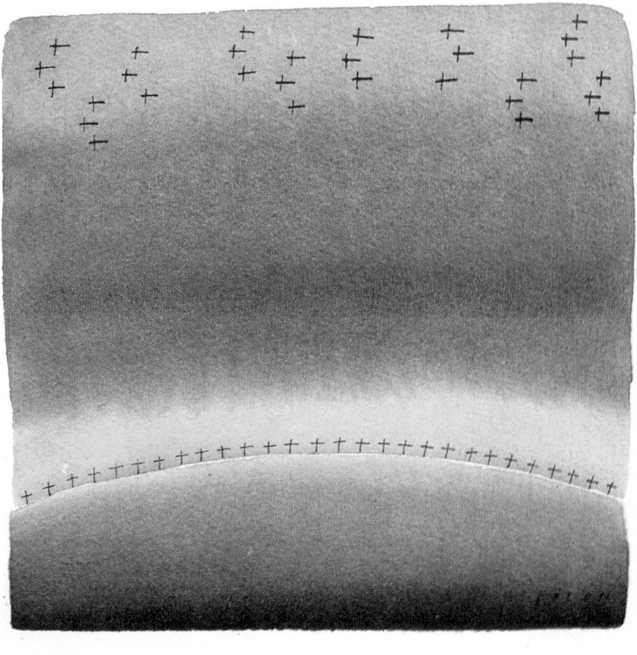

Article **19**

Tout individu a droit à la liberté d'opinion et d'expression, ce qui implique le droit de ne pas être inquiété pour ses opinions et celui de chercher, de recevoir et de répandre, sans considération de frontières, les informations et les idées par quelque moyen d'expression que ce soit.

المادة **١٩**

لكل شخص الحق في حرية الرأي والتعبير، ويشمل هذا الحق حرية اعتناق الآراء دون أي تدخل، واستقاء الأنباء والأفكار وتلقيها وإذاعتها بأية وسيلة كانت دون تقيد بالحدود الجغرافية.

Artículo **19**

Todo individuo tiene derecho a la libertad de opinión y de expresión; este derecho incluye el de no ser molestado a causa de sus opiniones, el de investigar y recibir informaciones y opiniones, y el de difundirlas, sin limitación de fronteras, por cualquier medio de expresión.

第
十九
条

人人有主张及发表自由之权；此项权利包括保持主张而
不受干涉之自由，及经由任何方法不分国界以寻求、接
收并传播消息意见之自由。

Article 19

Everyone has the right to freedom of opinion and expression; this right
includes freedom to hold opinions without interference and to seek,
receive and impart information and ideas through any media and
regardless of frontiers.

Статья 19

Каждый человек имеет право на свободу убеждений и на свободное
выражение их; это право включает свободу беспрепятственно
придерживаться своих убеждений и свободу искать, получать
и распространять информацию и идеи любыми средствами и
независимо от государственных границ.

Article 20

1. Toute personne a droit à la liberté de réunion et d'association pacifiques.

2. Nul ne peut être obligé de faire partie d'une association.

المادة ٢٠

١.   لكل شخص الحق في حرية الاشتراك في الجمعيات والجماعات السلمية.

٢.   لايجوز إرغام أحد على الانضمام إلى جمعية ما.

Artículo 20

1. Toda persona tiene derecho a la libertad de reunión y de asociación pacíficas.

2. Nadie podrá ser obligado a pertenecer a una asociación.

第二十条

（一）人人有平和集会结社自由之权。

（二）任何人不容强使隶属于某一团体。

Article 20

1. Everyone has the right to freedom of peaceful assembly and association.

2. No one may be compelled to belong to an association.

Статья 20

1. Каждый человек имеет право на свободу мирных собраний и ассоциаций.

2. Никто не может быть принуждаем вступать в какую-либо ассоциацию.

Article 21

1. Toute personne a le droit de prendre part à la direction des affaires publiques de son pays, soit directement, soit par l'intermédiaire de représentants librement choisis.

2. Toute personne a droit à accéder, dans des conditions d'égalité, aux fonctions publiques de son pays.

3. La volonté du peuple est le fondement de l'autorité des pouvoirs publics; cette volonté doit s'exprimer par des élections honnêtes qui doivent avoir lieu périodiquement, au suffrage universel égal et au vote secret ou suivant une procédure équivalente assurant la liberté du vote.

المادة ٢١

١. لكل فرد الحق في الاشتراك في إدارة الشؤون العامة لبلاده إما مباشرة أو بواسطة ممثلين يختارون اختياراً حراً.

٢. لكل شخص نفس الحق الذي لغيره في تقلد الوظائف العامة في البلاد.

٣. إن إرادة الشعب هي مصدر سلطة الحكومة، ويعبر عن هذه الارادة بانتخابات نزيهة دورية تجري على أساس الاقتراع السري وعلى قدم المساواة بين الجميع، أو حسب أي إجراء مماثل يضمن حرية التصويت.

Artículo 21

1. Toda persona tiene derecho a participar en el gobierno de su país, directamente o por medio de representantes libremente escogidos.

2. Toda persona tiene el derecho de acceso, en condiciones de igualdad, a las funciones públicas de su país.

3. La voluntad del pueblo es la base de la autoridad del poder público; esta voluntad se expresará mediante elecciones auténticas que habrán de celebrarse periódicamente, por sufragio universal e igual y por voto secreto u otro procedimiento equivalente que garantice la libertad del voto.

第廿一条

（一）人人有权直接或以自由选举之代表参加其本国政府。

（二）人人有以平等机会参加其本国公务之权。

（三）人民意志应为政府权力之基础；人民意志应以定期且真实之选举表现之，其选举权必须普及而平等，并当以不记名投票或相等之自由投票程序为之。

Article 21

1. Everyone has the right to take part in the government of his country, directly or through freely chosen representatives.

2. Everyone has the right of equal access to public service in his country.

3. The will of the people shall be the basis of the authority of government; this will shall be expressed in periodic and genuine elections which shall be by universal and equal suffrage and shall be held by secret vote or by equivalent free voting procedures.

Статья 21

1. Каждый человек имеет право принимать участие в управлении своей страной непосредственно или через посредство свободно избранных представителей.

2. Каждый человек имеет право равного доступа к государственной службе в своей стране.

3. Воля народа должна быть основой власти правительства; эта воля должна находить себе выражение в периодических и нефальсифицированных выборах, которые должны проводиться при всеобщем и равном избирательном праве, путем тайного голосования или же посредством других равнозначных форм, обеспечивающих свободу голосования.

Article 22

Toute personne, en tant que membre de la société, a droit à la sécurité sociale; elle est fondée à obtenir la satisfaction des droits économiques, sociaux et culturels indispensables à sa dignité et au libre développement de sa personnalité, grâce à l'effort national et à la coopération internationale, compte tenu de l'organisation et des ressources de chaque pays.

المادة ٢٢

لكل شخص بصفته عضواً في المجتمع الحق في الضمانة الاجتماعية وفي أن تحقق بوساطة المجهود القومي والتعاون الدولي وبما يتفق ونظم كل دولة ومواردها الحقوق الاقتصادية والاجتماعية والتربوية التي لا غنى عنها لكرامته وللنمو الحر لشخصيته.

Artículo 22

Toda persona, como miembro de la sociedad, tiene derecho a la seguridad social, y a obtener, mediante el esfuerzo nacional y la cooperación internacional, habida cuenta de la organización y los recursos de cada Estado, la satisfacción de los derechos económicos, sociales y culturales, indispensables a su dignidad y al libre desarrollo de su personalidad.

第
廿二
条

人既为社会之一员，自有权享受社会保障，并有权享受个人尊严及人格自由发展所必需之经济、社会及文化各种权利之实现：此种实现之促成端赖国家措施与国际合作并当依各国之机构与资源量力为之。

Article 22

Everyone, as a member of society, has the right to social security and is entitled to realization, through national effort and international cooperation and in accordance with the organization and resources of each State, of the economic, social and cultural rights indispensable for his dignity and the free development of his personality.

Статья 22

Каждый человек, как член общества, имеет право на социальное обеспечение и на осуществление необходимых для поддержания его достоинства и для свободного развития его личности прав в экономической, социальной и культурной областях через посредство национальных усилий и международного сотрудничества и в соответствии со структурой и ресурсами каждого государства.

Article 23

1. Toute personne a droit au travail, au libre choix de son travail, à des conditions équitables et satisfaisantes de travail et à la protection contre le chômage.

2. Tous ont droit, sans aucune discrimination, à un salaire égal pour un travail égal.

3. Quiconque travaille a droit à une rémunération équitable et satisfaisante lui assurant ainsi qu'à sa famille une existence conforme à la dignité humaine et complétée, s'il y a lieu, par tous autres moyens de protection sociale.

4. Toute personne a le droit de fonder avec d'autres des syndicats et de s'affilier à des syndicats pour la défense de ses intérêts.

المادة ٢٣

١. لكل شخص الحق في العمل، وله حرية اختياره بشروط عادلة مرضية كما أن له حق الحماية من البطالة.

٢. لكل فرد دون أي تمييز الحق في أجر متساو للعمل.

٣. لكل فرد يقوم بعمل الحق في أجر عادل مرض يكفل له ولأسرته عيشة لائقة بكرامة الانسان تضاف إليه، عند اللزوم، وسائل أخرى للحماية الاجتماعية.

٤. لكل شخص الحق في أن ينشىء وينضم إلى نقابات حماية لمصلحته.

Artículo 23

1. Toda persona tiene derecho al trabajo, a la libre elección de su trabajo, a condiciones equitativas y satisfactorias de trabajo y a la protección contra el desempleo.

2. Toda persona tiene derecho, sin discriminación alguna, a igual salario por trabajo igual.

3. Toda persona que trabaja tiene derecho a una remuneración equitativa y satisfactoria, que le asegure, así como a su familia, una existencia conforme a la dignidad humana y que será completada, en caso necesario, por cualesquiera otros medios de protección social.

4. Toda persona tiene derecho a fundar sindicatos y a sindicarse para la defensa de sus intereses.

第
廿三
条

（一）人人有权工作，自由选择职业，享受公平优裕之工作条件及失业之保障。

（二）人人不容任何区别，有同工同酬之权利。

（三）人人工作时，有权享受公平优裕之报酬，务使其本人及其家属之生活足以维持人类尊严，必要时且应有他种社会保护办法，以资补益。

（四）人人为维护其权益，有组织及参加工会之权。

Article 23

1. Everyone has the right to work, to free choice of employment, to just and favourable conditions of work and protection against unemployment.

2. Everyone, without any discrimination, has the right to equal pay for equal work.

3. Everyone who works has the right to just and favourable remuneration ensuring for himself and his family an existence worthy of human dignity, and supplemented, if necessary, by other means of social protection.

4. Everyone has the right to form and to join trade unions for the protection of his interests.

Статья 23

1. Каждый человек имеет право на труд, на свободный выбор работы, на справедливые и благоприятные условия труда и на защиту от безработицы.

2. Каждый человек, без какой-либо дискриминации, имеет право на равную оплату за равный труд.

3. Каждый работающий имеет право на справедливое и удовлетворительное вознаграждение, обеспечивающее достойное человека существование для него самого и его семьи, и дополняемое, при необходимости, другими средствами социального обеспечения.

4. Каждый человек имеет право создавать профессиональные союзы и входить в профессиональные союзы для защиты своих интересов.

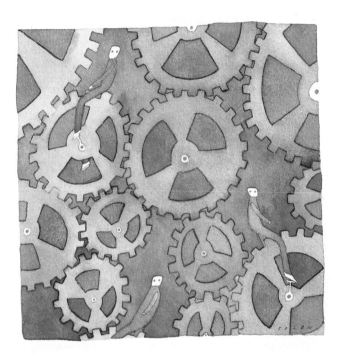

Article **24**

Toute personne a droit au repos et aux loisirs et notamment à une limitation raisonnable de la durée du travail et à des congés payés périodiques.

المادة **٢٤**

لكل شخص الحق في الراحة، وفي أوقات الفراغ، ولاسيما في تحديد معقول لساعات العمل وفي عطلات دورية بأجر.

Artículo **24**

Toda persona tiene derecho al descanso, al disfrute del tiempo libre, a una limitación razonable de la duración del trabajo y a vacaciones periódicas pagadas.

人人有休息及闲暇之权，包括工作时间受合理限制及定期有给休假之权。

Article 24

Everyone has the right to rest and leisure, including reasonable limitation of working hours and periodic holidays with pay.

Статья 24

Каждый человек имеет право на отдых и досуг,включая право на разумное ограничение рабочего дня и на оплачиваемый периодический отпуск.

Article 25

1. Toute personne a droit à un niveau de vie suffisant pour assurer sa santé, son bien-être et ceux de sa famille, notamment pour l'alimentation, l'habillement, le logement, les soins médicaux ainsi que pour les services sociaux nécessaires; elle a droit à la sécurité en cas de chômage, de maladie, d'invalidité, de veuvage, de vieillesse ou dans les autres cas de perte de ses moyens de subsistance par suite de circonstances indépendantes de sa volonté.

2. La maternité et l'enfance ont droit à une aide et à une assistance spéciales. Tous les enfants, qu'ils soient nés dans le mariage ou hors mariage, jouissent de la même protection sociale.

المادة ٢٥

١. لكل شخص الحق في مستوى من المعيشة كاف للمحافظة على الصحة والرفاهية له ولأسرته، ويتضمن ذلك التغذية والملبس والمسكن والعناية الطبية وكذلك الخدمات الاجتماعية اللازمة، وله الحق في تأمين معيشته في حالات البطالة والمرض والعجز والترمل والشيخوخة وغير ذلك من فقدان وسائل العيش نتيجة لظروف خارجة عن إرادته.

٢. للأمومة والطفولة الحق في مساعدة ورعاية خاصتين، وينعم كل الأطفال بنفس الحماية الاجتماعية سواء أكانت ولادتهم ناتجة عن رباط شرعي ام بطريقة غير شرعية.

Artículo 25

1. Toda persona tiene derecho a un nivel de vida adecuado que le asegure, así como a su familia, la salud y el bienestar, y en especial la alimentación, el vestido, la vivienda, la asistencia médica y los servicios sociales necesarios; tiene asimismo derecho a los seguros en caso de desempleo, enfermedad, invalidez, viudez, vejez u otros casos de pérdida de sus medios de subsistencia por circunstancias independientes de su voluntad.

2. La maternidad y la infancia tienen derecho a cuidados y asistencia especiales. Todos los niños, nacidos de matrimonio o fuera de matrimonio, tienen derecho a igual protección social.

第
廿五
条

（一）人人有权享受其本人及其家属康乐所需之生活程度，举凡衣、食、住、医药及必要之社会服务均包括在内；且于失业、患病、残废、寡居、衰老、或因不可抗力之事故致有他种丧失生活能力之情形时，有权享受保障。

（二）母亲及儿童应受特别照顾及协助。所有儿童，无论婚生与非婚生，均应享受同等社会保护。

Article **25**

1. Everyone has the right to a standard of living adequate for the health and well-being of himself and of his family, including food, clothing, housing and medical care and necessary social services, and the right to security in the event of unemployment, sickness, disability, widowhood, old age or other lack of livelihood in circumstances beyond his control.

2. Motherhood and childhood are entitled to special care and assistance. All children, whether born in or out of wedlock, shall enjoy the same social protection.

Статья **25**

1. Каждый человек имеет право на такой жизненный уровень, включая пищу, одежду, жилище, медицинский уход и необходимое социальное обслуживание, который необходим для поддержания здоровья и благосостояния его самого и его семьи, и право на обеспечение на случай безработицы, болезни, инвалидности, вдовства, наступления старости или иного случая утраты средств к существованию по независящим от него обстоятельствам.

2. Материнство и младенчество дают право на особое попечение и помощь. Все дети, родившиеся в браке или вне брака, должны пользоваться одинаковой социальной защитой.

Article **26**

1. Toute personne a droit à l'éducation. L'éducation doit être gratuite,
au moins en ce qui concerne l'enseignement élémentaire et fondamental.
L'enseignement technique et professionnel doit être généralisé; l'accès
aux études supérieures doit être ouvert en pleine égalité à tous en
fonction de leur mérite.

2. L'éducation doit viser au plein épanouissement de la personnalité
humaine et au renforcement du respect des droits de l'homme et des
libertés fondamentales. Elle doit favoriser la compréhension, la tolé-
rance et l'amitié entre toutes les nations et tous les groupes raciaux ou
religieux, ainsi que le développement des activités des Nations Unies
pour le maintien de la paix.

3. Les parents ont, par priorité, le droit de choisir le genre d'éducation
à donner à leurs enfants.

المادة **٢٦**

١. لكل شخص الحق في التعلم، ويجب أن يكون التعليم في مراحله الأولى والأساسية على
الأقل بالمجان، وأن يكون التعليم الأولي إلزامياً وينبغي أن يعمم التعليم الفني والمهني، وأن ييسر
القبول للتعليم العالي على قدم المساواة التامة للجميع وعلى أساس الكفاءة.

٢. يجب أن تهدف التربية إلى إنماء شخصية الانسان إنماء كاملا، وإلى تعزيز احترام
الانسان والحريات الأساسية وتنمية التفاهم والتسامح والصداقة بين جميع الشعوب
والجماعات العنصرية أو الدينية، وإلى زيادة مجهود الأمم المتحدة لحفظ السلام.

٣. للآباء الحق الأول في اختيار نوع تربية أولادهم.

Artículo **26**

1. Toda persona tiene derecho a la educación. La educación debe ser
gratuita, al menos en lo concerniente a la instrucción elemental y
fundamental. La instrucción elemental será obligatoria. La instrucción
técnica y profesional habrá de ser generalizada; el acceso a los estudios
superiores será igual para todos, en función de los méritos respectivos.

2. La educación tendrá por objeto el pleno desarrollo de la personalidad humana y el fortalecimiento del respeto a los derechos humanos y
a las libertades fundamentales; favorecerá la comprensión, la tolerancia
y la amistad entre todas las naciones y todos los grupos étnicos o
religiosos, y promoverá el desarrollo de las actividades de las Naciones
Unidas para el mantenimiento de la paz.

3. Los padres tendrán derecho preferente a escoger el tipo de educación
que habrá de darse a sus hijos.

第廿六条

（一）人人皆有受教育之权。教育应属免费，至少初级及基本教育应然。初级教育应属强迫性质。技术与职业教育应广为设立。高等教育应予人人平等机会，以成绩为准。

（二）教育之目标在于充分发展人格，加强对人权及基本自由之尊重。教育应谋促进各国、各种族或各宗教团体间之谅解、容恕及友好关系，并应促进联合国维系和平之各种工作。

（三）父母对其子女所应受之教育，有优先抉择之权。

Article 26

1. Everyone has the right to education. Education shall be free, at least in the elementary and fundamental stages. Elementary education shall be compulsory. Technical and professional education shall be made generally available and higher education shall be equally accessible to all on the basis of merit.

2. Education shall be directed to the full development of the human personality and to the strengthening of respect for human rights and fundamental freedoms. It shall promote understanding, tolerance and friendship among all nations, racial or religious groups, and shall further the activities of the United Nations for the maintenance of peace.

3. Parents have a prior right to choose the kind of education that shall be given to their children.

Статья 26

1. Каждый человек имеет право на образование. Образование должно быть бесплатным по меньшей мере в том, что касается начального и общего образования. Начальное образование должно быть обязательным. Техническое и профессиональное образование должно быть общедоступным и высшее образование должно быть одинаково доступным для всех на основе способностей каждого.

2. Образование должно быть направлено к полному развитию человеческой личности и к увеличению уважения к правам человека и основным свободам. Образование должно содействовать взаимопониманию, терпимости и дружбе между всеми народами, расовыми или религиозными группами, и должно содействовать деятельности Организации Объединенных Наций по поддержанию мира.

3. Родители имеют право приоритета в выборе вида образования для своих малолетних детей.

Article **27**

1. Toute personne a le droit de prendre part librement à la vie culturelle de la communauté, de jouir des arts et de participer au progrès scientifique et aux bienfaits qui en résultent.

2. Chacun a droit à la protection des intérêts moraux et matériels découlant de toute production scientifique, littéraire ou artistique dont il est l'auteur.

المادة **٢٧**

١.   لكل فرد الحق في أن يشترك اشتراكاً حراً في حياة المجتمع الثقافي وفي الاستمتاع بالفنون والمساهمة في التقدم العلمي والاستفادة من نتائجه.

٢.   لكل فرد الحق في حماية المصالح الأدبية والمادية المترتبة على إنتاجه العلمي أو الأدبي أو الفني.

Artículo **27**

1. Toda persona tiene derecho a tomar parte libremente en la vida cultural de la comunidad, a gozar de las artes y a participar en el progreso científico y en los beneficios que de él resulten.

2. Toda persona tiene derecho a la protección de los intereses morales y materiales que le correspondan por razón de las producciones científicas, literarias o artísticas de que sea autora.

第廿七条

（一）人人有权自由参加社会之文化生活，欣赏艺术，并共同襄享科学进步及其利益。

（二）人人对其本人之任何科学、文学或美术作品所获得之精神与物质利益，有享受保护之权。

Article 27

1. Everyone has the right freely to participate in the cultural life of the community, to enjoy the arts and to share in scientific advancement and its benefits.

2. Everyone has the right to the protection of the moral and material interests resulting from any scientific, literary or artistic production of which he is the author.

Статья 27

1. Каждый человек имеет право свободно участвовать в культурной жизни общества, наслаждаться искусством, участвовать в научном прогрессе и пользоваться его благами.

2. Каждый человек имеет право на защиту его моральных и материальных интересов, являющихся результатом научных, литературных или художественных трудов, автором которых он является.

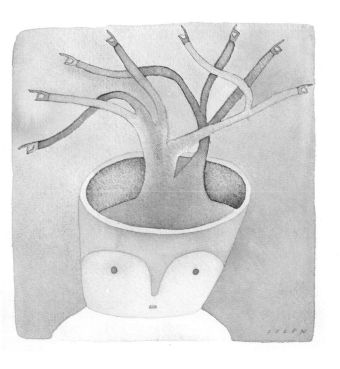

Article 28

Toute personne a droit à ce que règne, sur le plan social et sur le plan international, un ordre tel que les droits et libertés énoncés dans la présente Déclaration puissent y trouver plein effet.

المادة ٢٨

لكل فرد الحق في التمتع بنظام اجتماعي دولي تتحقق بمقتضاه الحقوق والحريات المنصوص عليها في هذا الاعلان تحققاً تاماً.

Artículo 28

Toda persona tiene derecho a que se establezca un orden social e internacional en el que los derechos y libertades proclamados en esta Declaración se hagan plenamente efectivos.

第 廿八 条

人人有权享受本宣言所载权利与自由可得全部实现之社会及国际秩序。

Article 28

Everyone is entitled to a social and international order in which the rights and freedoms set forth in this Declaration can be fully realized.

Статья 28

Каждый человек имеет право на социальный и международный порядок, при котором права и свободы, изложенные в настоящей Декларации, могут быть полностью осуществлены.

1. L'individu a des devoirs envers la communauté dans laquelle seul le libre et plein développement de sa personnalité est possible.

2. Dans l'exercice de ses droits et dans la jouissance de ses libertés, chacun n'est soumis qu'aux limitations établies par la loi exclusivement en vue d'assurer la reconnaissance et le respect des droits et libertés d'autrui et afin de satisfaire aux justes exigences de la morale, de l'ordre public et du bien-être général dans une société démocratique.

3. Ces droits et libertés ne pourront, en aucun cas, s'exercer contrairement aux buts et aux principes des Nations Unies.

المادة **٢٩**

١. على كل فرد واجبات نحو المجتمع الذي يتاح فيه وحده لشخصيته أن تنمو نمواً حراً كاملا.

٢. يخضع الفرد في ممارسة حقوقه وحرياته لتلك القيود التي يقررها القانون فقط، لضمان الاعتراف بحقوق الغير وحرياته واحترامها ولتحقيق المقتضيات العادلة للنظام العام والمصلحة العامة والأخلاق في مجتمع ديمقراطي.

٣. لا يصح بحال من الأحوال أن تمارس هذه الحقوق ممارسة تتناقض مع أغراض الأمم المتحدة ومبادئها.

Artículo **29**

1. Toda persona tiene derecho respecto a la comunidad, puesto que sólo en ella puede desarrollar libre y plenamente su personalidad.

2. En el ejercicio de sus derechos y en el disfrute de sus libertades, toda persona estará solamente sujeta a las limitaciones establecidas por la ley con el único fin de asegurar el reconocimiento y el respeto de los derechos y libertades de los demás, y de satisfacer las justas exigencias de la moral, del orden público y del bienestar general en una sociedad democrática.

3. Estos derechos y libertades no podrán, en ningún caso, ser ejercidos en oposición a los propósitos y principios de las Naciones Unidas.

（一）人人对于社会负有义务：个人人格之自由充分发展厥为社会是赖。

（二）人人于行使其权利及自由时仅应受法律所定之限制，且此种限制之唯一目的应在确认及尊重他人之权利与自由并谋符合民主社会中道德、公共秩序及一般福利所需之公允条件。

（三）此等权利与自由之行使，无论在任何情形下，均不得违反联合国之宗旨及原则。

Article 29

1. Everyone has duties to the community in which alone the free and full development of his personality is possible.

2. In the exercise of his rights and freedoms, everyone shall be subject only to such limitations as are determined by law solely for the purpose of securing due recognition and respect for the rights and freedoms of others and of meeting the just requirements of morality, public order and the general welfare in a democratic society.

3. These rights and freedoms may in no case be exercised contrary to the purposes and principles of the United Nations.

Статья 29

1. Каждый человек имеет обязанности перед обществом, в котором только и возможно свободное и полное развитие его личности.

2. При осуществлении своих прав и свобод каждый человек должен подвергаться только таким ограничениям, какие установлены законом исключительно с целью обеспечения должного признания и уважения прав и свобод других и удовлетворения справедливых требований морали, общественного порядка и общего благосостояния в демократическом обществе.

3. Осуществление этих прав и свобод ни в коем случае не должно противоречить целям и принципам Организации Объединенных Наций.

Article 30

Aucune disposition de la présente Déclaration ne peut être interprétée comme impliquant pour un Etat, un groupement ou un individu un droit quelconque de se livrer à une activité ou d'accomplir un acte visant à la destruction des droits et libertés qui y sont énoncés.

المادة ٣٠

ليس في هذا الاعلان نص يجوز تأويله على أنه يخول لدولة أو جماعة أو فرد أي حق في القيام بنشاط أو تأدية عمل يهدف إلى هدم الحقوق والحريات الواردة فيه.

Artículo 30

Nada en esta Declaración podrá interpretarse en el sentido de que confiere derecho alguno al Estado, a un grupo o a una persona, para emprender y desarrollar actividades o realizar actos tendientes a la supresión de cualquiera de los derechos y libertades proclamados en esta Declaración.

本宣言所载，不得解释为任何国家、团体或个人有权以任何活动或任何行为破坏本宣言内之任何权利与自由。

Article 30

Nothing in this Declaration may be interpreted as implying for any State, group or person any right to engage in any activity or to perform any act aimed at the destruction of any of the rights and freedoms set forth herein.

Статья 30

Ничто в настоящей Декларации не может быть истолковано, как предоставление какому-либо государству, группе лиц или отдельным лицам права заниматься какой-либо деятельностью или совершать действия, направленные к уничтожению прав и свобод, изложенных в настоящей Декларации.

Conception et coordination : Pascale Paternotte
pour Amnesty International

Photographies des illustrations de Jean-Michel Folon :
Philippe De Gobert

Traductions : China Consult, I. Duroy, I. Khmelevski,
C. Labaki, A.F. Moffroid, T. Paschall, A. Williams

● *Impression Tardy Quercy S.A. à Bourges (Cher)*
le 24 octobre 1990
Dépôt légal : octobre 1990
1er dépôt légal dans la même collection : octobre 1988
Numéro d'imprimeur : 16267

ISBN 2-07-038193-5 - Imprimé en France